向子澄與台北

我第一眼就愛上這城市。

林立的高樓、匆忙的腳步，最重要的是在我們的租屋處隔壁，住了一個宇宙無敵大帥哥。

那張幾乎可以用面癱來形容的帥臉，讓人小鹿亂撞。

從小到大，我心目中最帥的男生就只有周昱愷，他生氣的時候帥、笑的時候可愛、認真的時候風靡萬千；可惜這一切的一切都在我看見隔壁的那個男生之後改變了，這世界好不公平，怎麼有人可以面無表情就這麼好看。

原來他叫徐浩，是我同系的學長，系上的每一個人對他的事情一無所知，唯獨吳子陵學長。

他好像知道很多關於徐浩學長的事情，也常常進去學長的家裡，要不是我偷看過他跟楚琪學姊的對話紀錄，真的會認為，吳子陵學長，就是徐浩學長的祕密戀人。

對了！吳子陵學長是個有趣的人，明明超級喜歡楚琪學姊，卻老裝出一副花心大蘿蔔的樣子，你們知道為什麼嗎？

因為他說「當你太喜歡一個人的時候，她就不會那麼喜歡你了，這就是人性，愛拿翹的本性」——他總是像這樣一本正經地說著莫名奇妙的話，然後招來徐浩學長的一記白眼，還有楚琪學姊的嘲笑。

雖然比起我生長的台南，在台北的生活就像是被快轉一般，但是遇見了他們，我才愛上了台北。

學長他對於生活中的大小事情，都有美學偏執狂，就舉晒衣服為例吧！每一件都要按照大小、顏色做出最符合的排列方式，襪子一定要同對晾在一起，寢具花色永遠都是萬年不敗的時尚黑。

唯一令我感到不解的是，他對陽台似乎有一種過度的喜愛，我常常躺在床上，透過窗簾的小縫隙，偷偷觀察著學長的一舉一動；他有時會躺在椅子上什麼也不做，就這樣度過了一個下午、有時候又會一邊澆花一邊自言自語，還會在陽台喝著啤酒凝望夕陽或日出。

總之他很特別，特別怪，卻怪得很帥，緊鎖的眉頭，好像有很多心事無法說出口，看著他憂鬱的側臉，我有一種「他身上沒有快樂情緒」的感覺。

直到有一天，他破例跟我說了好多話，還答應讓我在陽台唱歌給他聽。

「你走前頭　我在身後

你抬頭看天空一臉難受

我跟著默默心痛

靜靜陪伴你是我　最大的溫柔

你低著頭　眼淚在流

你洩了氣的肩膀在顫抖

他傷你一定很重

如果可以多麼　想要借你胸口作停留」

明明心裡想著一首快樂的旋律，卻不知怎麼的，下意識又唱起了這首歌。

也許是注視著他的不快樂太久了，在他的身上，我漸漸地感到心疼，那似曾相似的情緒不斷擴張，再也忍不住的淚水在眼眶中打轉。

「妳失戀了嗎？」皺著眉，他語調溫柔得讓我失神。

「沒有，只是因為這首歌詞太悲傷，我每次唱都很想哭。」

「喔！我也很喜歡這首歌。」學長抿了抿嘴，眼神閃爍，這號表情我見過，每當他接起某個誰的電話時，就會是這樣，努力假裝自己不在乎，臉上的痛苦卻讓旁人心酸。

當我告訴他我愛著周昱愷時，他嘴上說荒謬，卻一次又一次的，化身成為騎士，為我的愛情悲劇披荊斬棘，帶著我走出了暗戀失敗的深淵。

於是我把他放進十九歲生日願望裡。「我要把學長的快樂找回來。」

喜歡在他面前哭，因為這世界他對我最好，習慣賴在他身邊，就像小船靠上了港灣。

第一次我們意外一起看了場卡通電影，他特地為我煮的紅棗水，總是義不容辭出借的胸膛，還有那我們一起相處過的，美好同居時光。

可惜當我意識到單純的友誼變調時，早已經來不及。

我竟然，愛上他了。

愛上心裡住著別人的男生很辛苦，我卻偏偏往那裡闖。

在我們的故事裡，我所看見、聽見的全是他對漂亮學姊的痴情與專一，好嫉妒好羨慕，卻是最真切的無能為力。

多希望我們的相遇能出現在漂亮學姊之前，那麼我一定會先愛上學長，並且給他一段永遠沒有心酸與委屈的愛情。

多慶幸在這浩瀚宇宙裡，我獨享了學長無與倫比的寵愛，只可惜他所想要的愛情，從來就不在我身上發生，知足如我，小心翼翼地捧著這向別人借來的幸福。

他吻了我，在喝醉的夜晚，也許當時眼裡的我，便是那讓他魂牽夢縈的漂亮學姊，好想對學長生氣卻狠不下心來，不允許任何人再欺負他，當然也包括我自己，不願讓他因為愧疚負責，更不想因為那個意外的吻委屈了他的愛情。

於是我離開了他為我築起的快樂城堡，生活裡不再有他的溫馨接送和貼心問候，雖然我的心，已經破了個大洞，但總會有好起來的一天，對吧？

不管需要多長的時間才能完全癒合，只要他好，我就好了。

很認命，從不去埋怨老天爺，為什麼偏偏對我的戀愛運如此苛薄，姑且就當作我的紅線被月老遺失了吧！在每一個和學長擦身而過的瞬間，都想再次牽起他的手，然後大聲地說：「可不可以張大眼睛來看看我，我比她更愛你啊！」可惜我始終沒有鼓起勇氣這麼做。

面對一個不愛妳的人，說再多都只是枉然，有些事，在一開始就注定了失敗，學長輸給了謝康昊製造的深刻回憶，而我輸給了時間，沒能在他愛上漂亮學姊之前出現。

我望著學長落寞的背影，低聲呢喃著。「當漂亮學姊住進了你的心裡，是不是永遠就走不出來了呢？」

搖搖頭，我還在愛情的門外，拿著屬於學長的號碼牌。

「我對妳很好，好到身邊的人都覺得我很喜歡妳。」失戀太久是不是會產生幻覺我不知道，但此刻我望著眼前的人影，一臉茫然。

「你才沒有。」

「我有，只是沒發覺而已，錯把對妳的喜歡當成習慣，把對她的習慣，當成了喜歡。」

學長手中熟悉的溫度傳來，我抬起頭努力地確認他話中的真實性。

「我很喜歡妳，也許比我自己發現的更早之前就喜歡了，我很遲鈍，讓妳受了很多委屈，抱歉。」

「你一直都很在意漂亮學姊，活在屬於她的世界裡，看不見我。」凝視著這出現在我每一個夢境的男人，長久以來的酸楚在心中炸裂，我的眼淚狂飆。

他嘆了口氣，一把將我擁進懷裡。「對不起，我真的很不懂妳的心情，可是妳也不懂我，不懂我是多麼的喜歡妳。」

原來，月老沒有遺失了我的紅線，老天爺更沒有虧待我的戀愛運，只因為我們都太不勇敢，那句愛和喜歡，到這一刻才說出口，如果當初的我能鼓起勇氣把話說開，是不是就不用繞這麼大一圈了呢？

我想答案是無解的，然而這也就是愛情奇妙的地方，沒有標準答案，更不給你中原標準時間去確認些什麼，還好，經歷了後青春種種的我們，終於在一起了。

也許通往相愛的路程上，遇上了淡淡的酸和微微的苦，但我想紅線是在我們初相遇時，便牢牢地將我們牽在一起了吧！

又或者是說。

我之所以喜歡台北，是因為這裡，正是我與徐浩學長相遇的城市吧！

徐浩與他的朋友們

電影《六弄咖啡館》裡有一句台詞讓我印象很深刻。

「每個人都有類似的青春，卻有不一樣的人生。」

不管是我、是徐思秧、是吳子陵，還是眼前的你。

我們都一樣在這最純真的年代，因為喜歡上了某個人，而閃閃發光。

正式告別所謂的後青春，來到了大人的世界，我和向子澄的故事看似結束了，但其實仍在進行著。

繼續著我們平凡卻穩定的人生。

而你呢？

你擁有怎樣的青春故事？

1

在我們生命裡，愛過的每一個人、發生的每一個故事，都會有一首主題曲。

或許是歌詞符合了當時的情緒，也可能只是因為你故事裡的那個人，湊巧很愛那首歌也不一定。

總之是一定有的，對吧？

在很多年以後，經過某個轉彎路口，一間播放著那首歌的小店，會留住你匆忙的步伐。

而今天書店音響裡的那首《溫柔》，將我帶回到了，十四歲那年的夏天。

天邊風光　身邊的我　都不在你眼中
你的眼中　藏著什麼　我從來都不懂
沒有關係　你的世界　就讓你擁有
不打擾　是我的溫柔

綁著整齊馬尾的徐思秧，她總是對我笑，可我卻怎麼都感受不到她的快樂。她的眼中藏著什麼，我從來都不懂。

是真的不懂嗎？

錯，其實我懂，那個始終追隨她目光的我怎麼會看不出來。她在茫茫人海裡尋找著謝康昊的蹤影，一直找、一直找。

那股驚人的毅力感動了我，無形的，成為了與她站在同一陣線的戰友。

希望她幸福，更希望給她幸福的人就是謝康昊。

然而，就在今天。

「恭喜妳，一定要幸福喔！」穿整好襯衫，我對著鏡子裡的自己揚起了無懈可擊的笑容。

「感覺好矯情。」

身旁清亮的聲音傳來，帶著揶揄的口吻。

「這不是天王星該說的話。」

「妳是活膩了是不是！」我將向子澄壓在身下，親暱地磨蹭著那小巧的鼻尖。「吃醋就說啊！」

「我哪裡有吃醋。」

「我可是要去見初戀情人喔！」親吻她額頭，我喜歡這樣的親密感。

向子澄勾住我的脖子。「親愛的，初戀情人又如何呢！她今天可就要嫁給別人了。」

話說完，我們相識一笑。

是的，曾經在我記憶裡留下深刻軌跡的女孩，今天就要嫁人了。

嫁給那個，占據她整個青春的男人。

「我沒有惡意，只是你們這麼快就結婚，會不會太倉促了?也許可以先一起生活一段時間，來磨合生活上的習慣。」

徐思秧偏著頭，認真地聆聽我的話。

「我不是說結婚不好，只是……」

「我懂，你跟李涵一樣都在擔心我們，因為生活習慣不同而產生摩擦。」她望向正在和向子澄討論髮型的謝康昊。「但他就是那對的人，你也這麼認為吧？」

在遇見向子澄之前，我可能不會相信在這世界上，真的有認定一個人的情緒。

看著向子澄帶著燦爛笑容的側臉，我輕哼了一聲。「嗯，那妳一定要幸福喔！」

「好的。」徐思秧笑了，那是一種在我記憶裡不曾出現過的，她肯定又自信的笑容。

他們的故事沒有華麗的婚禮，也沒有王子公主的婚紗照。

卻有一路相伴的朋友，最真切的祝福。

「你不准欺負她、也不可以害她哭。」李涵指著謝康昊的鼻尖，用著不像生氣，也稱不上叮嚀的口氣。

「我知道啦！」

「還有不可以逼她做家事、不可以跟女客人太好惹她生氣。」

「奇怪欸妳！意見那麼多，我到底是要娶徐思秧還是娶妳。」謝康昊無奈的語氣逗得大家哈哈大笑。

徐思秧朝我和向子澄，露出了無可奈何的笑容。「你們兩個都給我閉嘴，今天老娘要結婚，不要在這邊吵架，丟我的臉。」

向子澄詫異地瞪大雙眼，我輕輕搭上她肩膀。「不用那麼驚訝，他們三個的相處模式就是這樣。」

李涵笑咪咪地勾起徐思秧的手，走進了戶政事務所，雖然只是簡單的登記儀式，我卻因為能成為她的受邀嘉賓而感到驕傲。

有人說結婚與不結婚，不過就是一張紙的差別，看著他們從包包裡拿出證書的那一刻，我的眼眶卻濕了。

那並不只是一張薄薄的紙，還是徐思秧與謝康昊多年以來的夢想。

簽下姓名的那一刻，兩個人就真的能永遠在一起了，不再有誤會、不再有分離。

「不知道為什麼，我好想哭喔！」向子澄靠向我，語帶哽咽。

「嗯。」感性而溫馨的氣氛包圍著我們。

承辦員卻看著手中的證書，眉頭一皺，似乎有些疑惑。「那個……」

謝康昊臉色一變。「請問怎麼了嗎？」

「證人有兩位……」

「是啊！那兩位都有簽名啊！」徐思秧偏著頭，輕聲說道。

「其中一位，是姓矮嗎？」

「什麼？」疑惑的聲音之大。

因為在場的我們，無不為這莫名的疑問感到驚訝。

徐思秧一把接過證書，翻了個大白眼。「李涵！妳這個世紀大智障！妳的姓氏為什麼會簽矮？」

不確定是否如心中所想得那樣，直到我轉過身，看見了始作俑者摀著臉笑倒在地，才真的相信，世界上原來有比向子澄更像外星人的傢伙。

「對不起！對不起！我最近在練簽名，不小心就寫上去了。」李涵雖是在道歉，卻仍止不住滿腔笑意。

謝康昊起身，勾住了李涵脖子，絲毫沒有憐香惜玉的意思，狠狠地朝她頭頂猛敲。

「妳這個廢物！就連我結婚都要來亂！」

最後呢？

他們當然還是成功結為夫妻了，只是可憐了李涵頂著大太陽再去買一份新的結婚證書。

離開之前，看著徐思秧手上閃閃發亮的鑽戒，我想起了國中畢業典禮那天，謝康昊對我說了一句話。

「如果有一天你們結婚了，記得要買好一點的戒指給她知道嗎？還有，因為她討厭家裡的親戚，所以也不可以逼她辦婚禮。」

謝康旲一直是這麼的溫柔，就算會心痛，也要深愛著她，好好的。
他始終沒有忘記，自己欠了徐思秧一枚戒指，也把她堅持不辦婚禮這件事放在心底。
十四歲時的他以為，我就是徐思秧的選擇，因此帶著委屈與遺憾，消失在她的世界裡。
怎麼也說不清為何我會把《溫柔》當成了青春的主題曲。
但此刻，看著謝康旲緊緊攬住徐思秧的背影。
我好像明白了。
不打擾，是我的溫柔。
便是謝康旲當初離開時，最沉痛的告白。
這樣的愛，多麼難得、多麼美好。

2

楚琪也嫁人了。
吳子陵奉命成為了她的擋酒部隊，看著他背上貼著「喝酒請找我」的紙卡，我心頭發酸。
他在笑，用盡了全身力氣。

這就是他放下工作，飛越一〇〇八五公里的距離，想看見的嗎？

「楚琪真的太狠了。」望著舞台上美麗動人的新娘，我低聲地說。

「我倒不這麼認為喔！」向子澄回過頭，輕輕地牽起了我的手。「正因為子陵學長在學姊的心裡很特別，才希望在這樣的日子裡，得到他最真誠的祝福啊！」

「不論大學時製造了多少回憶，他們始終都占據著彼此最好朋友，這樣模糊的關係；因為這一輩子無辦法真正的在一起，所以才希望聽見他說出祝福自己的話。」

向子澄的話讓我沉默了。

能真心祝福徐思秧，是因為我擁有了屬於自己的太陽。

那始終守著遺憾的吳子陵呢？

畢業後的他不再遊戲人間，努力地用工作麻痺自己，總認為他會跟謝康昊一樣，與心愛的女子走進婚姻。

今天，卻是眼睜睜看著他親手送走了最愛的人。

楚琪的人緣一向很好，找她喝酒的人自然不少，可大多數的人，都是衝著吳子陵來的，他在大學四年裡瘋狂地追求著楚琪，又在婚禮上為她擋酒。

大家看了都覺得有趣。

我卻不這麼認為。

「換我，你喝太多了！」一把搶過他手中的酒杯，我說。

「啊？是我的天王星！」吳子陵浮誇地對著我又親又抱。「怎麼可以換你，這是楚琪給我的任務耶！」

「對啊！你不要跟他搶啦！」身旁的大學同學們起鬨著，我冷冷看了他們一眼。

「不要讓這個單身狗喝太醉，他沒有人照顧，我還有向子澄，你們有種衝著我來就好。」

我的一番話，惹得大家哈哈大笑，前來攙扶吳子陵的向子澄給了我一個激賞的眼光。

「對啦！是該跟你算帳，平常都默默的，竟然就把我們校花把走了。」同學們笑著說。

然而我的視線卻是落在楚琪身上。「不介意吧？」

「當然，你變了好多喔！」她臉上絕美的妝容，讓我看不清真實的情緒。

「妳也是。」於是我回應了，一個禮貌的笑容。

熱鬧非凡的婚禮、狼狽不堪的吳子陵。

他趴在馬桶前，像是要吐光這一輩子吃過的所有東西。

「不會喝還硬喝，明明是隻膽小狗還想裝英雄。」我說。

「嘔……」

吳子陵的西裝褲裡傳出手機鈴聲，我順手幫他將手機拿出來，沒想到卻看見了他手機畫面的照片。

是我們畢業那天，與楚琪的合照。

「靠杯！你不要這麼沒志氣好不好！她都嫁人了！」我朝他背上狠狠揍了一拳。

「我知道啦！我會刪掉啦！」他緩緩地抬起頭，臉上掛著淚兩行。「等我跟穿著禮服的她拍照，我就刪。」

「為什麼？」

「因為那是我跟她唯一的合照，刪掉就沒了，等我拍到穿禮服的她，就可以死心了。」

我凝視著趴在馬桶上大哭的吳子陵，久久無法言語。

幾年前，我看見徐思秧與謝康昊在清晨一同回到家的時候，也是這樣的心情。捨不得，卻不得不放棄。

「失去是為了準備遇見更好的人。」拍了拍他的肩膀。「就像我啊！沒有跟徐思秧在一起，就是為了遇見向子澄。」

「那你覺得，我可以在她老公面前對她最後大告白嗎？」

「有什麼不可以，頂多夫妻吵架而已。」我揚起邪惡的笑容。「去說吧！說完她就不再是你生命裡的遺憾，你也就可以向前走了。」

「楚琪，謝謝妳，曾讓我喜歡妳。」

然而我並不曉得，最後的吳子陵究竟有沒有這麼說。

望著他落寞的背影，真的結束了嗎？

是的，結束了。

不是每一個相愛的人都能在一起，也不是每一個故事都是王子配公主。

如果說楚琪是吳子陵生命中的公主，那麼很可惜的，她選擇了騎士。

條件或許沒有吳子陵好，但卻是最適合與她相伴一生的人。

而這才是，現實生活中故事的結局。

說完了關於我們的故事。

擅於等待的徐思秧牽起深情的謝康昊，走向了兩個人的未來，鼓起勇氣的人，就能擁有幸福的機會。

而楚琪與吳子陵，終究在人生的交叉口錯成了平行線。

沒有對錯，這不過就是人生中，一連串選擇題中的其中一題罷了。

有些人、有些事的存在，就是為了教會我們「愛」這一課。

徐思秧教會了我「成全」，於是我給了她祝福。
謝康昊教會了她「勇敢」，於是她交付了人生。
向子澄教會了我「珍惜」，於是我允諾了永遠。
吳子陵教會了楚琪「美好」，於是他被收藏進回憶裡了。
無論好壞，我們都確實在愛裡成長了，並且學會成為了更好的人。

這世界很大，可青春很短。
我們都應該依循著自己心裡的軌跡，去尋找那個對的人。
浩瀚的宇宙沒有重心，但是你要相信。
自己是那顆宇宙中，獨一無二的恆星，一定會遇見那顆環繞著自己的行星。

《借你勇敢，好嗎？》漫畫版
人物設定搶先公開

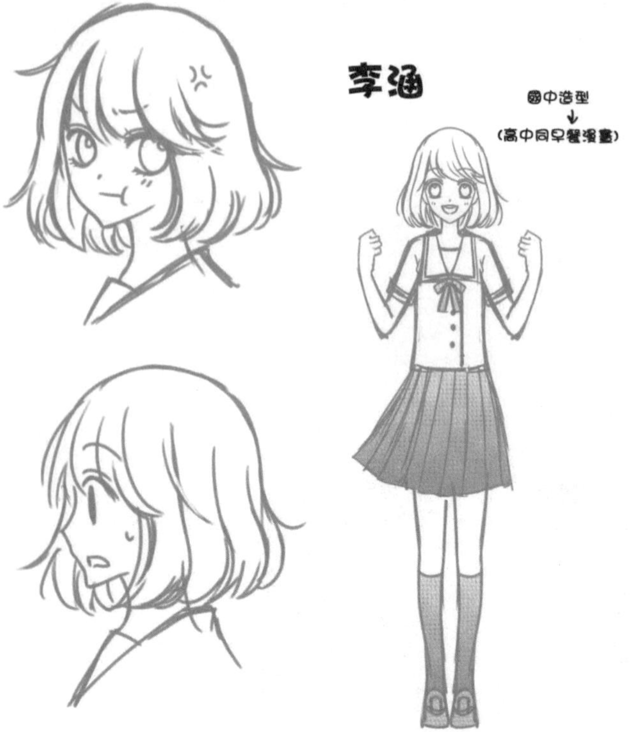
李涵
國中造型
↓
(高中同早餐漫畫)

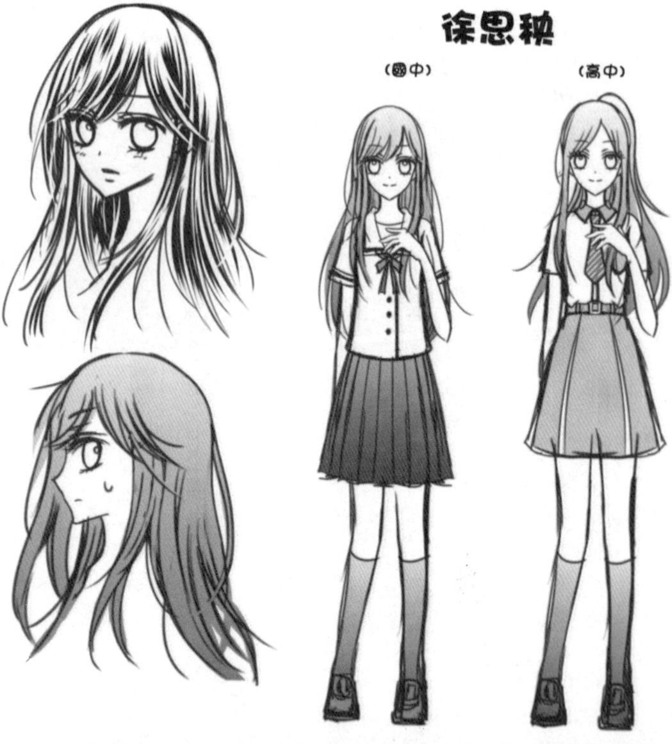
徐思秧
(國中)
(高中)